गौतर्मी

भाग २

डॉ. रविन्द्र शर्मा

ISBN 979-888591556-4

पिता धर्मः पिता स्वर्गः पिता हि परमं तपः।

पितरि प्रीतिमापन्ने सर्वाः प्रीयन्ति देवता।।

अर्थात्

पिता ही धर्म है, पिता ही स्वर्ग है और पिता ही सबसे श्रेष्ठ तपस्या है। पिता के प्रसन्न हो जाने पर सारे देवता प्रसन्न हो जाते हैं।

यह पुस्तक मेरे पिताजी को समर्पित है।

क्रम-सूची

लेखक एवं प्रकाशक

डॉ. रविन्द्र शर्मा

शिव कॉलोनी, देवन रोड, शाहपुरा, जिला जयपुर।

सम्पर्क सूत्र: 9414437778

ईमेल: *ravindra.8810@gmail.com*

संस्करण: प्रथम (2022)

इस उपन्यास के सभी पात्र, स्थान तथा घटनाएँ पूर्ण रूप से काल्पनिक है जिनका किसी भी जीवित अथवा मृत व्यक्ति, स्थान तथा घटना से कोई सम्बन्ध नहीं है। यदि इसकी समानता किसी व्यक्ति, स्थान अथवा घटना से होती है तो इसे मात्र एक संयोग कहा जावेगा।

प्रस्तावना

यह बताते हुए मुझे हर्ष हो रहा है कि मेरे द्वारा रचित उपन्यास "गौतमी भाग प्रथम" को पाठकों द्वारा अत्यधिक पसन्द किया जा रहा है। और यही कारण है कि बहुत ही कम समय में "गौतमी भाग प्रथम" कि अनेकों प्रतियाँ बिक चुकी है। पाठकों द्वारा "गौतमी भाग द्विवतीय" को जल्द से जल्द प्रकाशित करने का अनुरोध भी किया गया। पाठकों के इस अनुरोध और "गौतमी भाग प्रथम" के प्रति प्राप्त स्नेह को देखते हुए मैंने "गौतमी भाग द्विवतीय" को जल्द से जल्द प्रकाशित करने का निर्णय लिया। मेरे अथक प्रयास के परिणाम स्वरुप आज मै गौतमी भाग द्विवतीय को प्रकाशित कर रहा हूँ। यद्यपि गौतमी भाग द्विवतीय को लिखना मेरे लिए चुनौतीपूर्ण कार्य रहा है क्योंकि मैं इसे "गौतमी भाग प्रथम" की तुलना में और अधिक रुचिकर बनाना चाह रहा हूँ। इस कार्य में, मैं सफल हुआ अथवा नहीं, इस सम्बन्ध में अंतिम निर्णय तो निश्चित रूप से पाठकों का ही होगा। परन्तु मुझे पूर्ण विश्वास है कि यह पुस्तक, "गौतमी भाग प्रथम" कि बिक्री के रिकॉर्ड को तोड़ देगी।

उपन्यास के तीन आवश्यक गुण होते है, रोचकता, स्वाभाविकता और गतिशीलता । मैंने गौतमी भाग प्रथम और द्विवतीय में इन तीनों बातों का विशेष ध्यान रखा है। गौतमी भाग द्विवतीय में मैंने पात्र बुद्धिप्रकाश को पाठकों के सामने प्रस्तुत किया है जो कि एक कुटिल

रणनीतिकार है। बुद्धिप्रकाश का एकमात्र उद्देश्य धन प्राप्त करना है चाहे उसके लिए उसे अनीतिकर कार्य ही क्यों ना करना पड़े। उपन्यास के इस भाग में रचनाकार द्वारा, पाठकों को यशोधरा जैसे कर्तव्यनिष्ठ और कृतज्ञ पात्र से परिचित करवाया गया है।

उपन्यास के आलेख से बहुत सारे प्रसंग निकाल दिए गए है क्योंकि मैं इसे बहुत ज्यादा लम्बा नहीं रखना चाह रहा था। पाठक उपन्यास को पढ़ते समय बोल्ड अक्षर में लिखे गए निर्देशों को अवश्य ही पढ़ा करें। ऐसा करने से उपन्यास का पूर्ण स्वरूप आपके मन मस्तिष्क पर अंकित हो जावेगा।

पावती (स्वीकृति)

मैं, मेरी माताजी श्रीमती मनोज देवी, मेरे छोटे भाई सॉफ्टवेयर इंजीनियर जीतेन्द्र शर्मा, मेरी धर्म पत्नी नीलम शर्मा, मेरे मित्र नरेश जांगिड़, युवराज जांगिड़, धीरज जोशी, ब्रह्मस्वरूप सैनी, विश्वराज सैनी, प्रिंस जांगिड़, विष्णु मीणा, मुकेश, बहादुर मीणा, कानाराम गुर्जर, सुरेन्द्र कासोट, मोहन कासोट, जीतेन्द्र यादव, मनमोहन यादव, लव शर्मा, रुपेश शर्मा सभी का आभार प्रकट करता हूँ जिनके सहयोग से इस पुस्तक का प्रकाशन संभव हो सका।

मैं, मेरी प्यारी बेटी "जान्हवी शर्मा" के योगदान को नहीं भूल सकता हूँ जिसने मुझे हर पल नैतिक सहयोग प्रदान किया।

मैं, मेरे परिवारजन डॉ. सुरेश शर्मा, पुष्पा देवी, अरुणा शर्मा, पायल शर्मा, विष्णु शर्मा, हर्षिता शर्मा का भी दिल से आभार प्रकट करता हूँ जिन्होंने मेरे संघर्ष के समय में, मेरा साथ नहीं छोड़ा।

यद्यपि उपन्यास लेखन में पूर्ण सावधानी रखी गई है परन्तु मानवीय भूल स्वभाविक है। यदि इस उपन्यास में कोई त्रुटि, पाठकों की नजर में आती है तो मुझे सूचित करें।

डॉ. रविन्द्र शर्मा

बी.ई., एम.टेक., एम.आई.ई., एम.ए., पी.एच.डी.

एसोसिएट प्रोफेसर, राजस्थान कॉलेज ऑफ़ इंजीनियरिंग फॉर वीमेन, जयपुर

एडिटर, अमेरिकन जर्नल ऑफ़ इलेक्ट्रिकल एंड कम्प्यूटर इंजीनियरिंग, न्यूयॉर्क

एडिटर इन चीफ, इंजीनियरिंग रिसर्च पब्लिकेशन, जयपुर

पात्र परिचय

गौतमी: रामकेश की पत्नी, भारतीय पतिव्रता नारी।

रामकेश: गौतमी का पति।

चन्दन: रामकेश के विद्यालय में कार्यरत कर्मचारी।

केशव: एक चालाक और धूर्त व्यक्ति, रामकेश का शत्रु।

जीवनलाल: विद्यालय में कार्यरत चतुर्थ श्रेणी कर्मचारी।

बुद्धिप्रकाश: केशव का पिता, शकुनि के समान कुटिल रणनीतिकार।

जयस्वरूप और राजवीर: केशव के मित्र।

यशोधरा: विद्यालय में कार्यरत अध्यापिका, गौतमी की विश्वासपात्र।

1

सुबह का समय है। विद्यार्थियों का एक समूह पैदल विद्यालय की ओर चला आ रहा है। कुछ विद्यार्थी, विद्यालय द्वारा संचालित बस द्वारा विद्यालय पहुँचते है। आज केशव को विद्यालय पहुँचने में देरी हो गयी है।

जीवनलाल: क्या आज केशव जी विद्यालय नहीं आये? क्या बात हो गई? (जीवनलाल ने चन्दन से धीरे से पूछा)

चन्दन: जीवनलाल जी, क्या आपने केशव जी के ऑफिस की सफाई कर दी ?

जीवनलाल: नहीं श्रीमान, अभी नहीं की।

चन्दन: तो फिर सोच क्या रहे हो? क्या आपको वह दिन याद नहीं है? जब आपकी पगार से केशव जी ने पाँच सौ

रूपये काट लिए थे।

जीवनलाल: मुझे सब याद है चन्दन जी। उस दिन मेरी बेटी बुखार से परेशान थी। मुझे उम्मीद थी की ऐसी परिस्थिति में केशव जी मुझे पूरी पगार देंगे और सहायता स्वरुप कुछ अधिक राशि भी।

जीवनलाल: मुझे वह दिन भी याद है जब मेरी शादी की वर्षगांठ थी। मुझे घर पर काम था। पत्नी ने कहा था की आज घर पर जल्दी आ जाना। मुझे घर पर जल्दी जाना था। मैंने केशव जी से घर पर जल्दी जाने की आज्ञा मांगी तो उन्होंने स्पष्ट रूप से मना कर दिया। केशव जी ने मुझे कहा की "तुम्हे तो बस हराम का चाहिए"

जीवनलाल: रामकेश जी बहुत अच्छे और सरल स्वाभाव के व्यक्ति है। जब तक वे विद्यालय में रहे, पूर्ण निष्ठा और ईमानदारी के साथ विद्यालय के सभी कर्मचारियों का सहयोग करते रहे। कभी ऐसा लगा ही नहीं की वे इस विद्यालय के सर्वोत्तम पद पर थे। सदैव उनका व्यव्हार, विद्यालय के कर्मचारियों के प्रति मित्रवत रहा।

चन्दन: जीवनलाल जी, संसार में सभी व्यक्ति एक समान नहीं होते है। रामकेश जी ने यह विद्यालय स्वेच्छा से नहीं छोड़ा है। उन्हें निकाला गया है। उस दिन केशव जी और रामकेशजी के मध्य ऑफिस में बैठ

कर क्या बात हुई ? ये तो पता नहीं, परन्तु रामकेश जी को देखने पर मुझे यह स्पष्ट समझ आ गया था कि कुछ ना कुछ तो गड़बड़ है।

जीवनलाल: चन्दन जी, इस विद्यालय में कार्य करना मेरी मजबूरी मात्र है। निश्चित तौर पर गलत व्यक्ति का अनजाने में साथ देना भी महापाप है। केशव जी सम्मान योग्य व्यक्ति नहीं है, परन्तु मेरे संस्कार और नैतिकता कहती है कि अपने कार्यक्षेत्र के उच्च पदों पर आसीन व्यक्तियों का सदैव सम्मान करना चाहिए, चाहे वे सम्मान योग्य हो अथवा नहीं।

चन्दन: इसका अर्थ यह हुआ की आप केशव जी के पद का सम्मान करते हो, केशव जी का नहीं।

जीवनलाल: निश्चित तौर पर। अयोग्य व्यक्ति को सम्मान देकर मैं निश्चित ही पाप का भागी बन रहा हूँ। मजबूरीवश हो रहे इस पाप का प्रायश्चित एक दिन मैं अवश्य करूँगा।

चन्दन: समय बहुत हो गया है। आप जाइये , केशव जी आने वाले ही होंगे।

जीवनलाल: जी।

कुछ समय बाद केशव विद्यालय में पहुँचता है।

चन्दन: नमस्कार सर (हाथ जोड़ते हुए चन्दन ने कहा)

केशव: नमस्कार

केशव सीधे अपने कार्यालय में चला गया जो कभी रामकेश का हुआ करता था।

केशव मेज पर रखी घंटी को बजाता है। जीवनलाल दौड़ कर कार्यालय में जाता है।

जीवनलाल: क्या मै अन्दर आ सकता हूँ श्रीमान? (जीवनलाल ने धीरे से, विनम्रतापूर्वक कहा)

केशव: हूँ

केशव: ये मेज की सफाई तुमने ढंग से नहीं की। देखो यहाँ थोड़ी धूल लगी हुई है। निश्चित ही तुम मेरे पिता की उम्र के हो परन्तु पंगार तो काम करने की ही लेते हो ना।

जीवनलाल: माफ़ कीजिये। अभी किये देता हूँ।

शायद आज जीवनलाल का बातों में लग जाना, केशव के क्रोध का कारण बन गया है। और परिणाम तो आप सभी के सामने है।

जीवनलाल मेज को साफ़ कर रहा है और केशव, जीवनलाल की तरफ क्रोधपूर्वक देख रहा है।

केशव: और सुनो, सभी कर्मचारियों को बोल दो आज विद्यालय की छुट्टी जल्दी होगी। मुझे सभी कर्मचारियों के साथ आवश्यक मीटिंग करनी है।

जीवनलाल: जी।

केशव के कहे अनुसार आज विद्यालय की छुट्टी जल्दी कर दी गयी है। सभी कर्मचारीगण केशव के सम्मुख उपस्थित हो गए है।

सभी कर्मचारीगण ध्यान पूर्वक सुनें (केशव ने रौब में कहा)

यहाँ अब मै ही सर्वोपरि हूँ। मेरे द्वारा बनाये गए नियम और शर्तों को नहीं मानने वाले, त्यागपत्र देकर यह

विद्यालय छोड़ सकते है। नहीं तो मुझे विद्यालय से निकालना भी अच्छे से आता है। जैसे रामकेश को निकाल दिया।

चन्दन और जीवनलाल एक दूसरे की तरफ देख रहें है। शायद केशव के प्रति कुछ क्रोध भी है और विद्यालय से निकाले जाने का डर भी।

चन्दन: अपने आत्मसम्मान को गिरवी रखकर की गयी नौकरी, नौकरी नहीं होती। मुझे यह नौकरी तुरन्त ही छोड़ देनी चाहिए। (चन्दन मन ही मन सोच रहा है)

चन्दन: परन्तु यदि यह नौकरी छोड़ दी तो फिर करूँगा क्या? (चन्दन मन में एक घबराहट लिए हुए सोच रहा है)

चन्दन इस उधेड़बुन में लगा है की उसे आखिर करना क्या है। चन्दन सोच रहा है कि जिस प्रभु ने उसे जीवन दिया है वह उसे कोई दूसरा काम भी अवश्य देगा। सोच विचार के बाद अंत में वह विद्यालय को छोड़ने का फैसला कर लेता है।

दूसरी तरफ जीवनलाल सोच रहा है कि विद्यालय तो उसे छोड़ना ही है परन्तु इस दुष्ट केशव को सबक सिखाना भी आवश्यक है। शायद जीवनलाल ने स्वयं

का चयन भविष्य में होने वाली इस कलयुगी महाभारत के एक पात्र के रूप में कर लिया है।

जीवनलाल: नहीं....... नहीं....... मै यह विद्यालय नहीं छोड़ूंगा। इस विद्यालय में रहकर ही, केशव के सर्वनाश का कारण बनूँगा। (जीवनलाल मन ही मन सोच रहा है)

जीवनलाल जी मन ही मन क्या सोच रहे हो? (केशव ने जीवनलाल की तरफ देखते हुए पूछा)

जीवनलाल: कुछ नहीं सर। सोच रहा हूँ कि विद्यालय मेरी कर्मस्थली है, मैं इसे कैसे छोड़ सकता हूँ भला।

केशव: बहुत अच्छे, आपसे यही उम्मीद थी मुझे।

केशव: कौन कौन विद्यालय छोड़ना चाहता है ? बताइये।

सभी मौन है। और नीचे सिर झुकाये हुए खड़े है। कुछ लोग मजबूरीवश और कुछ लोग प्रतिशोधवश।और इसी तरह मौन खड़े रहना, सभी का विद्यालय को नहीं छोड़ने का समर्थन भी है।

केशव: मैं जानता था कि तुम में से कोई भी विद्यालय को नहीं छोड़ेगा। तो मैं यह मान लेता हूँ कि तुम सभी मेरे द्वारा बनाये गए सभी नियमों और शर्तों का पालन करोगे।

चन्दन ने तो विद्यालय को छोड़ने का मन बना लिया था फिर भी वह अभी तक मौन क्यों है?

तभी एक आवाज सुनाई देती है। "मैं यह विद्यालय स्वेच्छा से छोड़ता हूँ" (चन्दन ने जोर से कहा)

सभी कर्मचारियों ने चन्दन की तरफ विस्मय भाव से देखा। कोई तो ऐसा साहसी है इस सभा में, जिसने अचानक ही इस विद्यालय को छोड़ने का साहस दिखाया।

केशव: बहुत अच्छे, इससे बढ़िया विद्यालय तुम्हे पूरे शहर में नहीं मिलेगा और मेरे से श्रेष्ठ इंसान भी नहीं। कोई बात नहीं है आज शाम तक त्यागपत्र लिखकर मेरे ऑफिस में दे देना। और हाँ कल से विद्यालय मत आना। जो मेरी शर्तों के खिलाफ है वह एक दिन भी इस विद्यालय में नहीं रह सकता है।

चन्दन: जी श्रीमान।

आगे की बात कल करेंगे। कल भी इसी समय पर मीटिंग होगी। (केशव ने ख़राब मूड से कहा)

जी सर। (चन्दन के अतिरिक्त सभी कर्मचारियों ने एक स्वर में कहा)

सारे कर्मचारी झुण्ड में ऑफिस से बाहर निकल रहे है और चन्दन से पूछ रहे है। "कोई दूसरा विद्यालय देख रखा है क्या आपने" विद्यालय के एक कर्मचारी ने पूछा

चन्दन: नहीं...... नहीं....... अभी तो नहीं।

तो फिर जीवन कैसे चलेगा? बच्चों का पेट कैसे भरोगे? (विद्यालय के दूसरे कर्मचारी ने विस्मय भाव से पूछा)

गीता में भगवान वासुदेव ने कहा है कि "अधर्म का साथ देने वाला धर्मात्मा भी पापी हो जाता है।" यदि मैं ऐसे स्थान पर कार्य करता हूँ तो रामकेश जी और गौतमी जी के साथ हुए छल कपट का आंशिक हिस्सेदार मैं भी अनजाने में बन जाऊंगा। और यदि प्रश्न मेरे बच्चों के पेट भरने का है तो वो पहले भी परमात्मा ही भर रहे थे और आगे भी वो ही भरेंगे। "होइहि सोइ जो राम रचि राखा। को करि तर्क बढ़ावै साखा" होगा वही जो राम ने रच रखा है। व्यर्थ में तर्क करने से कोई लाभ नहीं है।

(चन्दन ने शान्त भाव से कहा)

सभी लोग चुपचाप चन्दन की बात सुन रहे थे। अपने एक मित्र का विद्यालय छोड़ने का दुःख भी था और केशव के सामने ऐसा साहस नहीं दिखा पाने का पश्च्याताप भी।

शाम हो चली थी। जीवनलाल, विद्यालय भवन के सभी दरवाजों को जल्दी जल्दी बंद कर रहा है। सभी कर्मचारीगण अपने अपने गंतव्य की ओर प्रस्थान कर रहे है।

केवल तीन लोगों को छोड़कर सभी कर्मचारियों ने अपने आत्मसम्मान को गिरवी रखकर, केशव की शर्तों के अनुरूप कार्य करने की सहमति प्रदान की है। परन्तु वे तीन लोग कौन है ? हाँ .... पहला चन्दन, जिसने स्पष्ट रूप से केशव की शर्तों को नकार दिया है। दूसरा जीवनलाल, जिसने मन ही मन केशव को सबक सिखाने का मन बना लिया है। यह कार्य वह विद्यालय में रहते हुए ही करेगा। इसीलिए उसने विद्यालय को नहीं छोड़ा। और तीसरा .... तीसरा व्यक्ति कौन है? एक व्यक्ति और है इस विद्यालय में, जो भविष्य में होने वाली इस कलयुगी महाभारत का पात्र बनेगा।

2

शाम का समय है। केशव और उसकी पत्नी दोनों, चाय की चुस्कियों के साथ गप्पे मार रहे है।

आज तो मैंने विद्यालय में सभी कर्मचारियों को लाइन में लगा दिया। (केशव ने ठहाका लगाते हुए बोला)

केशव की पत्नी: अच्छा जी .... ऐसा क्या हुआ आज विद्यालय में? मुझे भी बताइये ना।

केशव: होना क्या था। कर्मचारियों में डर व्याप्त करना आवश्यक था। मैंने बोल दिया, जो मेरे आदेशों और शर्तों की अवहेलना करेगा तुरंत प्रभाव से विद्यालय छोड़ देवे।

केशव की पत्नी: किसी ने छोड़ा क्या विद्यालय?

केशव: सभी मौन खड़े थे। नौकरी किसको प्यारी नहीं होती भला। परन्तु एक ने साहस किया विद्यालय छोड़ने का।

केशव की पत्नी: अच्छा है ना.... ऐसे हर एक व्यक्ति को निकाल दीजिये विद्यालय से, जिसका सीधा सम्बन्ध रामकेश से हो।

केशव: तुम सही बोल रही हो। वैसे मुझे नहीं लगता कि विद्यालय में कोई मेरे ख़िलाफ़ आवाज उठाएगा।

तभी केशव के फ़ोन की घण्टी बजती है।

केशव: किसका फ़ोन आ गया अब? ओह .... पिताजी का फ़ोन है।

केशव: पिताजी प्रणाम।

बुद्धिप्रकाश: खुश रहो। घर आ गया क्या तू?

केशव: हाँ

बुद्धिप्रकाशः अच्छा। आज विद्यालय में क्या किया तूने?

केशवः जैसा आपने कहा, बिल्कुल वैसा ही किया है मैंने। विद्यालय के कर्मचारियों को साफ़ साफ़ बोल दिया है कि अगर विद्यालय में रहना है तो मेरे अनुसार चलना होगा, वरना विद्यालय तुरन्त प्रभाव से छोड़ दो।

बुद्धिप्रकाशः फिर? क्या किसी ने छोड़ा विद्यालय?

केशवः एक ने छोड़ा है।

बुद्धिप्रकाशः कोई बात नहीं। किसी नए भरोसेमंद व्यक्ति को रख लेना उसके स्थान पर।

केशवः जी।

बुद्धिप्रकाशः अब मेरी बात ध्यान से सुन। मेरे कहे अनुसार चलता जा बस। यह विद्यालय अब अपना हो चुका है। रामकेश अगर सात जन्म भी ले, तो इस विद्यालय को पुनः नहीं पा सकता है।

केशव: हा...... हा...... हा...... उसने यह विद्यालय स्वयं की मूर्खता की वजह से खो दिया।

बुद्धिप्रकाश: देख बेटा, पैसा भगवान नहीं है परन्तु भगवान से कम भी नहीं है। रामकेश जैसे एक दो मुर्खे हमें और मिल जावे तो यह जन्म तो हमारा आराम से कट जायेगा।

केशव: पिताजी, दुनिया में हजारों मुर्ख है रामकेश जैसे। बस आपका दिया हुआ ज्ञान इस्तेमाल करूँगा तो अपना काम हो जायेगा।

बुद्धिप्रकाश: हमारे लिए दुनिया में बहुत सारे मुर्ख काम कर रहे है। बेचारे रात दिन मेहनत करके पैसा इकठ्ठा करते है। किसके लिए ? हमारे लिए .... हा...... हा...... हा......

बुद्धिप्रकाश: यह जीवन भोग करने हेतु मिला है। परन्तु बिना अर्थ के भोग किसका करेगा? इसलिए पहले अर्थ एकत्रित कर।

निश्चित ही बुद्धिप्रकाश और उसका बेटा केशव, चार्वाक को मानने वाले लोग है। चार्वाक ने कहा है "यावज्जीवेत्सुखं जीवेत् ऋणं कृत्वा घृतं पिबेत्, भस्मीभूतस्य देहस्य पुनरागमनं कुतः" मनुष्य जब तक

जीवित रहे तब तक सुखपूर्वक जिये । ऋण करके भी घी पिये । अर्थात् सुख-भोग के लिए जो भी उपाय करने पड़ें उन्हें करे । दूसरों से भी उधार लेकर भौतिक सुख-साधन जुटाने में हिचके नहीं । परलोक, पुनर्जन्म और आत्मा-परमात्मा जैसी बातों की परवाह न करे । भला जो शरीर मृत्यु पश्चात् भष्मीभूत हो जाए, यानी जो देह दाहसंस्कार में राख हो चुके, उसके पुनर्जन्म का सवाल ही कहां उठता है । जो भी है इस शरीर की सलामती तक ही है और उसके बाद कुछ भी नहीं बचता इस तथ्य को समझकर सुखभोग करो, उधार लेकर ही सही।

बुद्धिप्रकाश: धन एकत्रित करना ही जीवन का एकमात्र ध्येय रख बेटा, चाहे उसके लिए तुझे कितना भी नीच कर्म क्यों न करना पड़े। क्योंकि पैसा व्यक्ति को सर्वश्रेष्ट बना देता है।

कदाचित बुद्धिप्रकाश सही बोल रहा है। गीता में भगवान् कृष्ण कहते है "वित्तमेव कलौ नृणां जन्माचारगुणोदयः, धर्मन्याय व्यवस्थायां कारणं बलमेव हि" कलियुग में जिस व्यक्ति के पास जितना धन होगा, वो उतना ही गुणी माना जाएगा और कानून, न्याय केवल एक शक्ति के आधार पर ही लागू किया जाएगा।

केशव: पिताजी, मै धन्य हूँ। आपका यह ज्ञान का भण्डार एक दिन मुझे अरबपति बना देगा।

बुद्धिप्रकाशः ठीक है। रात बहुत हो गई है। तू सो जा। आगे की रणनिति के बारे में जल्द ही चर्चा करेंगे।

केशवः ठीक है पिताजी। प्रणाम।

बुद्धिप्रकाशः खुश रहो।

दूसरी तरफ रामकेश करवटें बदल रहें है। गौतमी की नींद खुलती है तो, रामकेश को बेचैन देखती है।

गौतमीः क्या हुआ जी ? क्या आपको नींद नहीं आ रही है?

रामकेशः हाँ गौतमी। मै कुछ बैचेनी सी महसूस कर रहा हूँ।

गौतमीः आप इतना सोच विचार मत कीजिये। सब ठीक हो जायेगा।

रामकेशः परन्तु गौतमी, मेरे साथ ही क्यों? मैंने तो केशव को एक अच्छा दोस्त समझा था।

गौतमी: चाणक्य ने कहा है "कश्चित् कस्यचिन्मित्रं, न कश्चित् कस्यचित् रिपु:, अर्थतस्तु निबध्यन्ते, मित्राणि रिपवस्तथा" न कोई किसी का मित्र है और न ही शत्रु, कार्यवश ही लोग मित्र और शत्रु बनते हैं। उसने आपको केवल इस्तेमाल किया है जी।

गौतमी: आप चिंता क्यों करते हो जी। भगवान कृष्ण ने जैसे अर्जुन का साथ दिया था वैसे ही वह अपना भी साथ देगा। मुझे उस पर पूर्ण विश्वास है। (गौतमी आकाश की तरफ देखकर उम्मीद भरे स्वर में बोली)

रामकेश: भगवान कृष्ण ने कहा था कि युद्ध अंतिम विकल्प होता है। हमें शांतिपूर्वक किसी विकल्प की तलाश करनी चाहिए।

गौतमी: भगवान कृष्ण ने तो यह भी कहा था कि "अधिकार खोकर बैठे रहना महा दुष्कर्म है, न्यायार्थ अपने बंधु को भी दण्ड देना धर्म है।"

गौतमी: हम तो केवल अपने अधिकार चाहते है। किसी का कोई अहित करना हमारा धेय नहीं है।

रामकेश: परन्तु युद्ध में किसका हित हुआ है भला?

गौतमी: क्या आपके पास और कोई अन्य विकल्प है?

रामकेश: हाँ, जिस प्रकार भगवान कृष्ण कौरवों की सभा में दूत बनकर शांति प्रस्ताव लेकर गए थे उसकी प्रकार मुझे भी एक बार विद्यालय चलकर केशव को समझाना चाहिए।

गौतमी: और तुम्हे लगता है की केशव शांति प्रस्ताव को स्वीकार करेगा। जिस प्रकार हटी दुर्योधन ने शांति प्रस्ताव को अस्वीकार करके भगवान कृष्ण का अपमान किया था लगता है उसी तरह आप भी केशव द्वारा अपमानित किये जाओगे। और वैसे भी राम चरित मानस में लिखा है "सठ सन बिनय कुटिल सन प्रीति, सहज कृपन सन सुंदर नीति" दुष्ट व्यक्ति प्रेम पूर्वक नहीं मानता है।

रामकेश: फिर भी मेरा मन कह रहा है की एक बार मुझे केशव को समझाने का प्रयास करना चाहिए।

गौतमी: प्रयत्न करके देख लो।

3

अगले दिन सुबह विद्यालय में

केशव: जीवनलाल जी, दोनों ड्राइवरों को ऑफिस में आने के लिए बोलो।

जीवनलाल: जी सर।

जीवनलाल: आपको केशव जी बुला रहे है। तुरंत विद्यालय कार्यालय में पहुँचों। (जीवनलाल ने दोनों ड्राइवरों से कहा)

दोनों ड्राइवर जल्दी से विद्यालय कार्यालय पहुंचते है। सर, कैसे याद किया आज सुबह सुबह ही।

केशव: बैठो, कुछ आवश्यक बात करनी है। मै चाहता हूँ की रामकेश किसी भी तरह से इस विद्यालय में प्रवेश

नहीं करे। यदि वह इस विद्यालय में प्रवेश करता है तो निश्चित ही उसे मेरी बनाई रणनीति का ज्ञान होगा।

हमें क्या करना है आदेश दीजिये। (दोनों ड्राइवरों ने एक स्वर में कहा)

केशव: अगर रामकेश विद्यालय के अन्दर प्रवेश करता है तो उसे धक्के मार कर बाहर फ़ेंक दो। और हाँ ऐसा करते समय विद्यालय के सारे कैमरे बंद कर देना। वरना हम फंस जायेंगे। ये काम तुम दोनों ही कर सकते हो इसलिए मैंने तुम्हे कहा है।

जी, हम समझ गए। (दोनों ड्राइवरों ने एक स्वर में कहा)

केशव: ठीक है।

दूसरी तरफ रामकेश, केशव से मिलने हेतु तैयार होता है।

रामकेश: गौतमी, मै विद्यालय जा रहा हूँ। (रामकेश ने बाहर जाते हुए कहा)

गौतमी: अजी, खाना तो खाते जाओ।

रामकेश: नहीं नहीं खाना आकर ही खाऊंगा तेरे साथ। मै खुश खबरी लेकर आऊंगा। मेरा इन्तजार करना।

गौतमी: हे प्रभु, ऐसा ही हो। (हाथ जोड़कर मन ही मन भगवान् से प्रार्थना करती है)

रामकेश, सीधा विद्यालय कार्यालय में पहुँच जाता है। केशव रामकेश की कुर्सी पर बैठा है।

तुम अन्दर कैसे आये? (केशव ने जोर से चिल्लाते हुए कहा)

रामकेश: सुनो केशव जी, मै यहाँ शांति और समझौता प्रस्ताव लेकर आया हूँ।

केशव: कैसा समझौता? बाहर निकल, नहीं तो धक्के मार कर निकालू तुझे। (केशव ने चिल्लाते हुए कहा)

केशव इतनी जोर से चिल्ला रहा है की विद्यालय के सारे कर्मचारी वहां इकट्ठे हो गए है।

रामकेश: केशव जी, एक बार मेरी बात सुन लो बस। मैं गौतमी को बोल कर आया हूँ कि केशव शांति प्रस्ताव को स्वीकार करेगा।

केशव: बोल बोल.... जल्दी बोल। समय ख़राब मत कर।

रामकेश: देखो केशव जी, विवाद में किसी का भी भला नहीं है। वैसे तो पूरा विद्यालय मेरा है परन्तु मुझे बस विद्यालय का कुछ स्थान दे दीजिये। जिससे मुझे विद्यार्थियों से बात करने का अवसर मिल सके।

केशव: विद्यालय का कुछ स्थान? मैं तुझे इस विद्यालय की एक इंच जमीन भी नहीं दूंगा और ना ही तुझे इस विद्यालय में प्रवेश करने दूंगा।

प्रकृति एक बार फिर उसी कहानी को दोहरा रही है जब भगवान कृष्ण, कौरवों की सभा में शांति प्रस्ताव लेकर जाते है। भगवान कृष्ण, पांडवों के लिए केवल पांच गावों की मांग करते है। परन्तु अहंकारी दुर्योधन, पांच गावं तो दूर, सुई की नोक जितनी भूमि भी देने हेतु इंकार कर देता है।

आज यह कलयुगी केशव, निश्चित ही अहंकारी दुर्योधन की भाषा बोल रहा है।

केशव: कहाँ गए वो ड्राइवर। इसे पकड़ कर विद्यालय से बाहर फेक दो।

दोनो ड्राइवर रामकेश को पकड़कर विद्यालय से बाहर ले जाते है। रामकेश बाहर जाता हुआ बोल रहा है। गौतमी ने सही कहा था तू दुष्ट है। तुझे शांति प्रस्ताव की नहीं, कठोर दण्ड की आवश्यकता है। तेरा ये अहंकार, जल्द ही तेरे विनाश का कारण बनेगा।

दोनो ड्राइवर रामकेश को विद्यालय परिसर से बाहर निकाल देते है। भाग यहाँ से। (दोनों ड्राइवरों ने चिल्लाते हुए कहा)

रामकेश इस अपमान का बदला लेने की मन ही मन प्रतिज्ञा करता है। और घर लौट आता है।

गौतमी: आप फ्रेश होकर आइये। मै खाना लगा देती हूँ।

गौतमी: खाना लग गया है। आ जाइये। मुझे भी जोर से भूख लगी है।

गौतमी और रामकेश दोनों साथ खाना खाने बैठते है। रामकेश, गौतमी को पहला निवाला अपने हाथों से खिलाता है।

रामकेशः मुझे माफ़ कर दे गौतमी। तू सही थी। वह प्रेम से मानने वाला नहीं है।

गौतमीः मै जानती हूँ। अभी हमें बहुत परेशानी का सामना करना है। आप यह सरल स्वभाव छोड़ दें। इसी में आपकी, मेरी और इस परिवार की भलाई है।

गौतमीः चाणक्य ने कहा है "कृते प्रतिकृतिं कुर्यात् हिंसेन प्रतिहिंसनम् , तत्र दोषो न पतति दुष्टे दौष्ट्यं समाचरेत्" उपकारी के साथ उपकार, हिंसक के साथ प्रतिहिंसा करनी चाहिए तथा दुष्ट के साथ दुष्टता का ही व्यवहार करना चाहिए । इसमें कोई दोष नहीं है। अब हमें भी उसके जैसा ही बनना पड़ेगा। यही अंतिम विकल्प है।

रामकेशः जैसा तुम चाहो गौतमी।

दूसरी ओर केशव अपने नापाक कृत्यों को अंजाम देने में लगा है।

तुरन्त विद्यालय के सारे कर्मचारियों को कार्यालय में आने को बोलो। (केशव ने हड़बड़ी में जीवनलाल को बोला)

केशव: जीवनलालजी, तुम कार्यालय से बाहर चले जाओ और दरवाजा बंद कर दो।

जीवनलाल, कार्यालय के बाहर बैठा है और सभी कर्मचारी कार्यालय के अन्दर।

कुछ तो गड़बड़ चल रहा है अन्दर। (जीवनलाल मन ही मन सोच रहा है)

लगभग एक घंटे बाद सभी कर्मचारी कार्यालय से बाहर निकलते है।

केशव: अब नहीं बच पायेगा वो, जेल भिजवा दूंगा साले को।

दूसरी तरफ रामकेश, गौतमी से बातें कर ही रहा था कि उसके मोबाइल पर एक सन्देश आता है। जिसे पढ़कर रामकेश के होश उड़ जाते है। रामकेश, मोबाइल को गौतमी को दे देता है। गौतमी यह सन्देश पढ़ रही है।

"रामकेश तूने विद्यालय में आकर विद्यालय में कार्यरत महिला कर्मचारियों के साथ छेड़खानी की है तथा अन्य कर्मचारियों के साथ गाली गलौच की है। मै दरोगा जी के पास जा रहा हूँ और तेरे ऊपर मुकदमा दर्ज करवा रहा हूँ।"

साथ ही एक पत्र की फोटो भी है जिसमे लगभग सभी कर्मचारियों के हस्ताक्षर भी है। ऐसा लगता है जैसे उसने, रामकेश के खिलाफ पक्का झूठा सबूत बना लिया है।

रामकेश: मैंने ऐसा कुछ भी नहीं किया गौतमी।

गौतमी: मै जानती हूँ जी।

केशव तो है ही दुष्ट। यदि उसने यह झूठा मुकदमा लिखवा दिया तो समाज में बहुत बदनामी होगी। मै तो इनकी पूरक हूँ। इनकी बदनामी का अर्थ है, मेरी और इस परिवार की बदनामी होना। (गौतमी मन ही मन में सोच रही है)

बात रामकेश, गौतमी और पूरे परिवार की इज्जत पर आ गई है। रामकेश और गौतमी के पास कुछ ही मिनटों का समय है।

केशव, दरोगा के पास जाने की पूरी तैयारी कर रहा है।

गौतमी: हम इस दलदल में फंसते ही जा रहे है जी। (गौतमी माथे पर हाथ लगा कर बैठी हुई है)

रामकेश: बचने का कोई तरीका नजर नहीं आ रहा क्या गौतमी? (रामकेश ने चिंतित भाव से कहा)

गौतमी: नहीं जी।

रामकेश: परन्तु यह तो केवल मिथ्या आरोप है। कोई सच नहीं।

गौतमी: परन्तु समाज इस बात को नहीं समझता है जी। लोग बोलेंगे की आपने सच में ऐसा ही किया होगा। और हाँ, केशव बहुत शातिर है। वह दरोगा को रिश्वत देकर स्वयं के पक्ष में कर लेगा।

रामकेश: तो फिर क्या करें गौतमी?

गौतमी: वही तो मै भी सोच रही हूँ जी। पर कोई रास्ता नजर नहीं आ रहा है।

अचानक गौतमी को याद आता है कि उसने गीता में पढ़ा है कि जब कोई रास्ता नजर नहीं आये और सामने अंधकार दिखाई पड़े तो सब कुछ परमात्मा पर छोड़ दो। वही तुम्हारा कष्ट दूर करेंगे।

गौतमी दौड़ कर घर में बने मन्दिर के सामने जाती है और समर्पण भाव से हाट जोड़कर प्रार्थना करती है।

हे प्रभु कृष्ण, जिस तरह तूने कौरवों की भरी सभा में द्रोपदी की लाज रखी थी आज मेरी और मेरे परिवार की लाज भी खतरे में है। प्रभु लाज रख। (यह कहते हुए गौतमी रोने लगती है)

समय की विडंबना देखिये।आज प्रभु कृष्ण को द्रोपदी की नहीं गौतमी और उसके परिवार की लाज बचानी है। चीरहरण दुशासन नहीं, कलयुगी केशव कर रहा है।

तभी रामकेश के फ़ोन की घंटी बजती है। रामकेश को अचानक लगा कि शायद दरोगा का फ़ोन होगा।

रामकेश: आज जीवनलालजी का फ़ोन कैसे? हां जीवनलालजी

जीवनलाल: सर, मैंने आपको दो रिकॉर्डिंग भेजी है आप सुन लीजिये। शायद आपके लिए उपयोगी हो।

रामकेश: जी। धन्यवाद।

रामकेश दोनों रिकॉर्डिंग सुनता है। सुनते ही जैसे उसमे असीम ऊर्जा का संचार हो जाता है। गौतमी, सुन ये रिकॉर्डिंग सुन........ सुन।

गौतमी, रिकॉर्डिंग सुनना प्रारम्भ करती है।

मै विद्यालय की एक महिला कर्मचारी हूँ। केशव द्वारा विद्यालय के लगभग सभी कर्मचारियों से खाली कागज पर हस्ताक्षर करवाए गए है। रामकेश जी निर्दोष है। हमारे सामने रामकेश जी द्वारा कोई अपशब्द नहीं कहे गए। और ना ही किसी से कोई दुर्व्यवहार किया गया। यह मात्र केशव द्वारा द्वेषपूर्ण भावना से किया गया कार्य है।

कहते है कि भगवन को सच्चे मन से याद किया जाये तो वह निश्चित ही कष्टों को दूर करते है। आज प्रत्यक्ष में भी यह देखने को मिला है।

अब रामकेश और गौतमी के हाथ एक ऐसा सबूत लग गया है जिसके आधार पर वह दरोगा के हर प्रश्न का उत्तर दे सकेंगे।

गौतमी, रामकेश को कहती है कि वह केशव को फ़ोन करे। परन्तु रामकेश ऐसा करने से इंकार कर देता है।

रामकेश: दुष्ट व्यक्ति के साथ बहस करना व्यर्थ है गौतमी।

गौतमी: आप फ़ोन करेंगे अथवा नहीं। (गौतमी ने क्रोधपूर्वक कहा)

रामकेश बिल्कुल शांत अवस्था में खड़ा है। स्पष्ट है कि वह केशव को फ़ोन नहीं करना चाहता है। गौतमी, रामकेश से फ़ोन लेकर केशव को फ़ोन लगा देती है।

केशव: हेलो

गौतमी: दुष्ट, अगर तूने तेरी माँ को दूध पिया है तो जा, कर दे दरोगा से झूठी शिकायत। गौतमी, गीदड़ भबकियो से नहीं डरती है। और खैर मना कि अभी तक हम केवल अपना बचाव कर रहे है, जिस दिन हमने प्रहार करना प्रारम्भ कर दिया तो तू समाप्त हो जायेगा।

केशव: हा....... हा....... हा....... थोड़ा इन्तजार कर तू। अभी आता हूँ तेरे घर पर दरोगा को लेकर। तू रामकेश को बोल दे कि वह जेल जाने की तैयारी कर ले।

गौतमी: एक बार तू आ तो सही। अगर तुझे और तेरे दरोगा को निरुत्तर करके नहीं वापस भेजा तो मेरा भी नाम गौतमी नहीं।

इतना कहकर गौतमी फ़ोन रख देती है। केशव इस बात से अनजान है कि रामकेश और गौतमी के पास उसके काले कारनामे की रिकॉर्डिंग बतौर सबूत पहले ही पहुँच चुकी है।

थोड़ी देर बाद दरवाजे की घंटी बजती है। गौतमी दौड़ कर दरवाजा खोलती है। दरवाजे पर केशव और दरोगा दोनों खड़े है।

दरोगा: रामकेश कहाँ है?

गौतमी: रामकेश मेरे पति है। आप मुझे बताइये क्या बात है?

दरोगा: उसके खिलाफ मुझे गंभीर शिकायत प्राप्त हुई है।

गौतमी: क्या शिकायत प्राप्त हुई है आपको? (गौतमी ने अनजान बनते हुए पूछा)

दरोगा: पता चला है कि उसने विद्यालय में जाकर महिला कर्मचारियों के साथ गाली गलौच और अभद्रता की है।

गौतमी: परन्तु उनका स्वभाव ऐसा करना तो नहीं है। (गौतमी ने शांतिपूर्वक कहा)

दरोगा: ये देखिये, इस कागज पर लगभग सभी कर्मचारियों के हस्ताक्षर है।

केशव: दरोजा जी, गिरफ्तार कर लो इसके पति को। वह इस अपराध का दोषी है। ये गौतमी, दो टके की औरत, मेरा और आपका समय ख़राब कर रही है।

गौतमी: केशव, मर्यादा को मत लाँघ। और सुन पापी, जब तक आरोप सिद्ध नहीं हो जाता कोई व्यक्ति दोषी नहीं है। और तू इस आरोप को सिद्ध नहीं कर पायेगा। तू मिथ्या है और तेरे द्वारा लगाया गया आरोप भी।

केशव: इस कागज पर सभी कर्मचारियों के हस्ताक्षर को देखने के बावजूद भी तुझे लगता है कि ये आरोप झूठा है। तेरे पास रामकेश के बचाव में कुछ भी नहीं है। और इस तरह बाते करके तू उसे बचा नहीं पायेगी।

गौतमी, मोबाइल निकाल कर रिकॉर्डिंग सुनाती है।

"मैं विद्यालय की एक महिला कर्मचारी हूँ। केशव द्वारा विद्यालय के लगभग सभी कर्मचारियों से खाली कागज पर हस्ताक्षर करवाए गए है। रामकेश जी निर्दोष है। हमारे सामने रामकेश जी द्वारा कोई अपशब्द नहीं कहे गए। और ना ही किसी से कोई दुर्व्यवहार किया गया। यह मात्र केशव द्वारा द्वेषपूर्ण भावना से किया गया कार्य है।" (दरोगा और केशव रिकॉर्डिंग को ध्यानपूर्वक सुन रहें है)

केशव के चहरे का रंग उड़ गया है। उसके पास अब कहने को कोई शब्द नहीं है।

गौतमी: क्या हुआ केशव? (गौतमी ने व्यंगात्मक भाव से पूछा)

गौतमी: करवा दे रामकेश को गिरफ्तार। मेरे होते हुए ये कार्य इतना आसान नहीं है।

गौतमी: मेरे हौसलों को तोडना इतना आसान नहीं है नीच।

दरोगा और केशव दोनों वहां से चुपचाप चले जाते है।

दरोगा: केशव, जितना जल्दी हो सके इस महिला कर्मचारी को तेरे विद्यालय से निकाल दे। वरना ये तेरी सारी रणनीति को विफल कर देगी।

केशव: मै भी यही सोच रहा हूँ दरोगा जी।

दूसरी तरफ रामकेश और गौतमी भगवान् श्री कृष्ण का कोटि कोटि आभार प्रकट करते है।

गौतमी: अगर आज भगवान् श्री कृष्ण की कृपा दृष्टि नहीं होती तो हम विकट संकट से घिर जाते।

रामकेशः मुझे लगता है कि संकट अभी टला नहीं है। केशव शांत बैठने वाला नहीं है। उसका लालच, उसे और कोई उत्पात करने के लिए विवश करेगा।

गौतमीः आप निश्चिंत रहिये। जब तक भगवान हमारे साथ है कोई हमारा कुछ भी नहीं बिगाड़ सकता है।

रामकेशः तुम सही बोल रही हो गौतमी। परन्तु युद्ध होना तो निश्चित है।

गौतमीः आप चिंता मत कीजिये जी। क्योकि नियति को रोक पाना असंभव है। इसका उत्तरदायित्व आप पर नहीं है। आप केशव को समझाने का प्रयत्न कर चुके है।

भविष्य में होने वाले युद्ध से पहले की शांति स्पष्ट दिखाई पड़ रही है। आइये आपको ले चलते है महाभारत के उस दृश्य की ओर जिसमे भगवान कृष्ण, विदुर से कह रहे है "आप उदास मत होइए महात्मा विदुर, क्योकि जो होने जा रहा है उसे रोकना आपके वश में नहीं है और ना ही मेरे वश में है"

क्योकि किसी के कर्म पर तो मेरा अधिकार नहीं है! मै समझा सकता था, मैंने समझाया भी। किन्तु जिन्हे समझा रहा था उन्होंने अपने कान बंद कर लिए। जिन्हे मार्गदर्शन करा रहा था उन्होंने अपनी आँखे बंद का ली।

इसलिए हे महात्मा, जो हो रहा है उसे देखिये और सहन कीजिये। होनी का उत्तरदायित्व आप पर नहीं है। सच पूछिए तो होनी का उत्तरदायित्व दुर्योधन पर भी नहीं है। उत्तरदायी है महाराज धृतराष्ट्र। (भगवन कृष्ण ने विदुर को समझाते हुए कहा)

होनी का उत्तरदायित्व आज केशव पर नहीं, बल्कि बुद्धिप्रकाश पर है। केशव तो मात्र एक फल है जबकि बुद्धिप्रकाश एक विशाल वृक्ष।

4

शाम का समय है। केशव अपने घर पर निराश अवस्था में बैठा है। वह मौन है और कुछ सोच विचार में डूबा हुआ है। तभी उसके फ़ोन की घंटी बजती है।

केशव: हेलो, पिताजी प्रणाम।

बुद्धिप्रकाश: सदैव विजयी रहो। तुझे तेरी विजय पर बहुत बहुत बधाई।

केशव: कौन सी विजय पिताजी?

बुद्धिप्रकाश: रामकेश को जेल भिजवाकर प्राप्त की गई विजय।

केशव: परन्तु, रामकेश को मै जेल नहीं भिजवा सका पिताजी।

केशव, बुद्धिप्रकाश को सारी घटना विस्तारपूर्वक बताता है।

बुद्धिप्रकाश: तू कोई काम ढंग से नहीं कर सकता है। इतना अच्छा मौका तूने हाथ से गवां दिया। अब मेरी बात ध्यान से सुन। जैसा मै बोलू वैसा ही करना है तुझे।

केशव: जी पिताजी।

बुद्धिप्रकाश: जितना जल्दी हो सके एक नए विद्यालय भवन का निर्माण करवा अथवा एक भवन किराये पर ले। विद्यालय के सभी विद्यार्थियों, कर्मचारियों तथा अभिभावकों को सूचित कर दे कि यह विद्यालय जल्द ही नए भवन में संचालित होगा। इस भवन को जितना जल्दी हो सके रिक्त कर दे। विद्यालय का सारा सामान भी नए भवन में स्थानान्तरित कर दे। और विद्यालय भवन के ताला लगाकर पूर्ण रूप से कब्ज़ा कर ले।

केशव: ऐसा करने से क्या होगा पिताजी?

बुद्धिप्रकाशः जैसा मै बोलूं वैसा कर बस। विद्यालय भवन, विद्यालय सामान और सभी विद्यार्थियों को एक साथ हथिया लेना आसान नहीं होगा। इस विद्यालय को अलग अलग हिस्सों में बाँट दे। विद्यालय के एक साथ कई टुकड़े होने पर, रामकेश और गौतमी स्वतः ही परास्त हो जायेंगे।

केशवः जी पिताजी।

केशव फ़ोन रखता है और इसके बाद एक एक करके अपने कुछ पुराने मित्रों को फ़ोन लगता है। शायद इस काम को करने के लिए उसे अपने कुछ पुराने मित्रों की आवश्यकता होगी।

केशवः हेलो, सुन जयस्वरूप। कल मैंने एक पार्टी रखी है घर पर। तुझे आना है। और हाँ, राजवीर को भी साथ में लेते आना।

जयस्वरूपः ठीक है। मुफ्त की दारु के लिए तो मै सदैव तैयार रहता हूँ।

केशवः ठीक है।

अगले दिन सुबह सुबह, केशव विद्यालय में सभी विद्यार्थियों, कर्मचारियों तथा अभिभावकों को सूचित कर देता है कि यह विद्यालय अब नए भवन में संचालित होगा।

लगता है इस भवन के जल्दी ही ताला लगने वाला है। और इसके बाद इस भवन पर पूर्ण रूप से केशव का अधिपत्य स्थापित हो जावेगा।

केशव ने पार्टी की सारी तैयारी कर ली है। बस अपने दोस्तों के आने का इन्तजार कर रहा है।

केशव: जयस्वरूप और राजवीर अभी तक नहीं आये ? क्या बात है?

तभी दरवाजे की घंटी बजती है। केशव दरवाजा खोलता है।

केशव: मैं तुम्हारा ही इन्तजार कर रहा था। (केशव ने उत्साहपूर्वक कहा)

केशव शराब के तीन पैग बनाता है। एक स्वयं के लिए और दो अपने दोस्तों के लिए। इस तरह तीनो पैग पर पैग पिए जा रहे है। केशव उन दोनों को सारी घटना

विस्तार पूर्वक बताता है।

केशव: पता नहीं वो गौतमी अपने आप को क्या समझती है? मुझे लगता है रामकेश से पहले उसका हिसाब चुकता करना पड़ेगा।

केशव आगे की रणनीति समझाता है। तीनो के बीच सहमति बनती है।

केशव: एक एक पैग और बना देता हूँ। (नशे की हालत में केशव ने कहा)

राजवीर: नहीं..... नहीं ..... यार...... आज बहुत हो गई।

केशव: कोई बात नहीं। शराब फिर बनाई गई ही क्यों है। जितना पी सकते हो पीओ आज। (केशव ने लड़खड़ाती आवाज में कहा)

कदाचित केशव अपने स्थान पर सही है। शराब बनाई तो पीने के लिए ही है। चार्वाक ने कहा है "पीत्वा पीत्वा पुनः पीत्वा यावतपतति भूतले, पुनरुथ्याय वै पीत्वा पुनर्जन्म न विद्यते" पीओ, पीओ, खूब पीओ। तब तक पीओ जब तक जमीन पर गिर ना जाओ। फिर उठो और फिर पीओ। इस जन्म में जितना पीना है पी लो। पुनः

जन्म होने वाला नहीं है।

जयस्वरूप: तो फिर एक पैग और बना दे भाई। जब तू इतना ही बोल रहा है तो पीने में क्या हर्ज है। (जयस्वरूप अत्यधिक नशे की हालत में बोला)

केशव बमुश्किल से तीन पैग और बना देता है। तीनो, पैग समाप्त होने से पूर्व ही सुध बुध खो कर जमीन पर गिर जाते है।

5

सुबह का समय है। पक्षी चहचहाट करते हुए अपने घोंसलों को छोड़ चुके है। रामकेश शांत अवस्था में बैठकर कुछ सोच रहा है। गौतमी रसोई घर के काम में व्यस्त है। तभी गौतमी के फ़ोन की घंटी बजती है। गौतमी फ़ोन उठाती है।

गौतमी: हेलो

यशोधरा: जय श्री कृष्णा, मैडम

गौतमी: जय श्री कृष्णा।

यशोधरा: आपको एक आवश्यक जानकारी देनी है। केशव इस विद्यालय को बंद करवाने की पूरी साज़िश रच चुका है। ध्यान रखिये इस विद्यालय पर बहुत बड़ा संकट आने वाला है। वह और उसका बाप दोनों इस खेल के मंजे हुए खिलाडी लगते है। आपके पास समय

बहुत कम है। क्योंकि मेरा भी इस विद्यालय के प्रति स्नेह है इसलिए आपसे करबद्ध प्रार्थना करती हूँ कि इस विद्यालय को बंद होने से बचा लीजिये वरना अनर्थ हो जायेगा।

यशोधरा: और एक बात। केशव को पता चल गया है कि मेरा सीधा सम्बन्ध आपसे है इसलिए वो मुझे जल्दी ही विद्यालय से निकाल देगा। परन्तु मै अंतिम समय तक भी आपके और इस विद्यालय के प्रति कृतज्ञ रहूंगी।

गौतमी: यशोधरा सुन। तू इस कलयुगी महाभारत में एक अहम किरदार निभा रही है। तेरा किरदार समाप्त हो उससे पहले एक कार्य और कर दे। जिस तरह से तूने रिकॉर्डिंग करके जीवनलालजी को दी। ठीक वैसे ही तेरे को यह कार्य भी करना है।

गौतमी, यशोधरा को सारी रणनीति विस्तार से समझाती है।

यशोधरा: परन्तु यह बहुत ही मुश्किल कार्य है और जोखिम भरा भी। परन्तु आपके और इस विद्यालय के लिए यह कार्य मै अवश्य करुँगी। यह कार्य मेरा विद्यालय में रहते हुए अंतिम कार्य होगा। इसके बाद केशव मुझे निश्चित ही निकाल देगा।

गौतमी: मेरा मन कहता है कि तू इस कार्य में विजय प्राप्त करेगी।

यशोधरा: फ़ोन रखती हूँ मैडम। धन्यवाद।

गौतमी: ठीक है। धन्यवाद।

रात का समय है। गौतमी और रामकेश अपने कमरे में है। रामकेश और गौतमी दोनों मौन बैठे है। एक अजीब सा सन्नाटा है। तभी अचानक रामकेश बोलता है।

रामकेश: अब इस विद्यालय को बंद होने से कोई नहीं रोक सकता है।

गौतमी: क्या भगवान वासुदेव भी नहीं?

रामकेश: कदाचित भगवान वासुदेव भी नहीं।

गौतमी: परन्तु आपको ऐसा क्यों लगता है? जीवन में आज तक बड़े बड़े संकट आये और चले गए। सदैव भगवान वासुदेव की कृपा हम पर बनी रही। इतने संकटों के बावजूद भी हम सुरक्षित रहे। इसके उपरांत भी आप इस तरह से निराशा जनक बातें कर रहे हो।

रामकेश: गौतमी, भगवान स्वयं कभी नहीं आते। किसी न किसी प्राणी को निमित्त बनाते है। जैसे दरोगा से की गयी झूठी शिकायत के प्रकरण में, भगवन कृष्ण ने जीवनलालजी और यशोधरा को निमित्त बनाया और हमें संकट से बचा लिया।

गौतमी: तो क्या इस बार वे किसी को निमित्त नहीं बना सकते? उनके लिए क्या असंभव है?

रामकेश: मेरी बात ध्यान से सुन। मै और तू विद्यालय में प्रवेश नहीं कर सकते है और ना ही वह दुष्ट हमें ऐसा करने देगा। यशोधरा को वह जल्दी ही विद्यालय से निकाल देगा। उसने सभी विद्यार्थियों, कर्मचारियों और अभिभावकों को इस विद्यालय के बंद होने तथा नए भवन में स्थानान्तरित होने की सूचना दे दी है।

रामकेश: यदि हम फिर भी कुछ प्रयत्न करते है तो वह विद्यालय संचालन में अवरोध पैदा करने का झूठा आरोप लगा देगा।

गौतमी: आपकी बात तो सही है।

रामकेश: हमें अभी से सब कुछ भगवान कृष्ण के ऊपर नहीं छोड़ना चाहिए। हमें भी प्रयत्न करना चाहिए। जब

सारे रास्ते बंद हो जाये तब हमें भगवान् वासुदेव से मदद मांगनी चाहिए। वे हमारे अंतिम विकल्प है।

गौतमी: तो क्या हमें दरोगा से शिकायत कर देनी चाहिए?

रामकेश: तू तो जानती ही है कि वो हमारी नहीं सुनेगा।

गौतमी: न्यायलय में जाकर स्टे आर्डर ले आना चाहिए?

रामकेश: ऐसा करना संभव नहीं है गौतमी। कोर्ट में केशव कहेगा कि हम, विद्यालय संचालन में बाधा उत्पन कर रहे है। और कोर्ट ऐसा कोई आदेश नहीं देगा जिससे विद्यालय संचालन में कोई अवरोध पैदा हो।

गौतमी: परन्तु हम तो केवल इस विद्यालय को बंद होने से बचा रहें है। कोई अवरोध पैदा नहीं कर रहें है।

रामकेश: परन्तु ये बात हमें पता है। वो बड़ी चालाकी से कोर्ट में ये सिद्ध कर देगा की हम उसे बेवजह परेशान कर रहे है। केशव कोर्ट में यह भी सिद्ध कर देगा कि वह विद्यालय का सच्चा हितैषी है। और वैसे भी अगर हम इस मामले को कोर्ट में लेकर जाते है तो समझो कई वर्ष बीत जायेंगे न्याय मिलने में। विद्यालय एक बार बंद

हुआ तो पुनः खुलवा पाना लगभग असंभव है।

गौतमी: इसका अर्थ यह हुआ की हमारे पास कदाचित कोई विकल्प शेष नहीं बचा है।

रामकेश: फिर भी हमें प्रयत्न करना चाहिए। शायद कोई मार्ग दिखाई पड़ जाये।

अंतिम दो दिनों का समय बचा है। यदि दो दिनों में रामकेश और गौतमी कुछ नहीं कर सके तो यह विद्यालय सदैव के लिए बंद हो जायेगा। रात बहुत हो गई है परन्तु दोनों को नींद नहीं आ रही है। दोनों मौन है और विचार कर रहे है।

यदि यशोधरा मेरे बताये अनुसार कार्य करने में सफल होती है तो निश्चित ही मै इस विद्यालय को बंद होने से बचा लूंगी। और यदि नहीं, तो? (गौतमी मन ही मन चिंतित होकर सोच रही है)

दूसरी तरफ रामकेश सोच रहा है की इस संसार में किसी की मदद और भलाई करने का यह परिणाम निकलता है इसकी परिकल्पना उसने कभी नहीं की थी।

इस तरह सोच विचार में दोनों ने पूरी रात निकाल दी। पता ही नहीं चला की कब सुबह हो गई।

सुबह का समय है। गौतमी रसोई घर में है। गौतमी यशोधरा को फ़ोन करती है।

यशोधरा: जय श्री कृष्णा, मैडम।

गौतमी: जय श्री कृष्णा, यशोधरा।

गौतमी: क्या तुमने वह कार्य किया, यशोधरा ?

यशोधरा: मै पूरा प्रयत्न कर रही हूँ, मैडम। बहुत मुश्किल है यह कार्य। केशव बहुत सतर्क है।

गौतमी: इस कार्य को करने के लिए पूरा जोर लगा दो। यदि यह कार्य नहीं हो सका तो हमारे सभी सपने टूट कर बिखर जायेंगे। केवल तुम्हारे पास आज का दिन और शेष बचा है।

यशोधरा: जी।

यशोधरा बहुत परेशान है। वह इस कार्य को करने हेतु हर संभव प्रयत्न कर रही है। परन्तु उसे सफलता नहीं मिल रही है।

आज रामकेश और गौतमी की हालत उस मछली के समान है जिसे पानी से निकाल फेंका गया है। जिस प्रकार एक छोटे बच्चे के चोट लग जाने के कारण उसके माता और पिता को अत्यंत पीड़ा होती है ठीक उसी प्रकार से रामकेश और गौतमी की पीड़ा को अनुभव किया जा सकता है। यह विद्यालय, रामकेश और गौतमी द्वारा सींचा गया एक ऐसा पौधा है जिसे किसी दुष्ट द्वारा तोडा जा रहा है। इन दोनों की पीड़ा को वह व्यक्ति भी आसानी से समझ सकता है जिसने अपने जीवन में कभी प्रियतम वस्तु को खोया हो। यद्यपि यह विद्यालय, रामकेश और गौतमी के लिए कोई वस्तु मात्र नहीं है अपितु यह उन दोनों का स्वाभिमान और आत्मसम्मान है। लगता है इसे बचाने के लिए ये दोनों अंतिम क्षण तक प्रयास करेंगे।

गौतमी, लगातार अपने मोबाइल की तरफ देख रही है। शायद उसे पूरा विश्वास है की जल्द ही यशोधरा का फ़ोन आएगा। बहुत देर इन्तजार करने के बाद भी यशोधरा का फ़ोन नहीं आता है। गौतमी का मन बैचेन होने लगता है। रामकेश की स्थति भी ठीक नहीं है। साम हो चुकी है। तभी अचानक यशोधरा का फ़ोन आता है। गौतमी झट से फ़ोन उठा लेती है। शायद गौतमी को खुश खंबरी मिलने वाली है।

गौतमी: हाँ, यशोधरा। जल्दी बता, काम हो गया ना?

यशोधरा: माफ़ कीजिये मैडम, मै ये काम नहीं कर पाई।

इतना सुनते ही गौतमी का फ़ोन हाथ से छूट कर नीचे गिर जाता है। गौतमी अपने दोनों हाथ सिर पर लगा कर नीचे बैठ जाती है और जोर जोर से रोने लगती है। लगता है आज रामकेश और गौतमी दोनों का पूरा संसार उजड़ गया है। उम्मीद के सारे दरवाजे बंद हो जाते है। रामकेश भी गौतमी के पास उदास बैठा है। समझ नहीं आ रहा है कि अब क्या करें?

दूसरी तरफ केशव सभी कर्मचारियों और ड्राइवरों को फ़ोन करके बताता है कि कल सुबह से सभी को विद्यालय के नए भवन में आना है। ड्राइवरों को भी बच्चो से भरी गाड़ियों को अब नए भवन में लेकर आना है। विद्यालय के पुराने भवन पर कल से ताला लगा रहेगा। समय की विडम्बना देखिये कल सुबह से या विद्यालय केवल "पुराना भवन" बन कर रह जायेगा।

रामकेश और गौतमी एक दूसरे से गले लग कर रोने लगते है।

गौतमी: मुझे माफ़ कर दीजिये जी। मैंने बहुत कोशिश की परन्तु विद्यालय को बचा नहीं सकी। (गौतमी ने रोते हुए कहा)

रामकेश: इसमें तेरा क्या दोष है गौतमी। मैंने मूर्खतावश अपने विद्यालय को खो दिया। (यह कहकर रामकेश भी रोने लगा)

रामकेश: शायद अपने भाग्य में यही लिखा है गौतमी। अब जीवन में, मैं कभी किसी की मदद नहीं कर पाऊंगा।

गौतमी बिना कुछ कहे ही खड़ी होकर घर में बने मंदिर के सामने चली जाती है। सच भी है, जहाँ जीवन के सभी दरवाजे बन्द हो जाते है वहाँ उस सर्वशक्तिमान का दरवाजा खुल जाता है। आज गौतमी, मंदिर के सामने हाथ जोड़कर खड़ी है और केवल रोए जा रही है। कदाचित उसे कुछ भी कहने की आवश्यकता नहीं है। वह सर्वशक्तिमान पहले से ही सब कुछ जानता है।

रात के आठ बजे है। रामकेश भी उदास भाव से उठकर अपने कमरे में चला जाता टेलीविजन ऑन करता है।

दूसरी तरफ गौतमी अभी भी उस सर्वशक्तिमान के सामने हाथ जोड़कर खड़ी है और बस रोए जा रही है। आज गौतमी ने सर्वस्व, उस परमात्मा को ही समर्पित

कर दिया है। अब गौतमी और रामकेश द्वारा सींचे गए इस पौधे को बचाने का दायित्व भगवन कृष्ण पर है। अभी गौतमी मंदिर के सामने ही खड़ी है कि उसे रामकेश की आवाज सुनाई देती है।

रामकेश: गौतमी .... ओ .... गौतमी .... जल्दी आ

गौतमी भाग कर रामकेश के पास, कमरे में जाती है। रामकेश, टेलीविजन की और इशारा करता है।

गौतमी: इसकी आवाज तेज करो ...... जल्दी से इसकी आवाज तेज करो .... (गौतमी ने आँसू पौंछते हुए कहा)

रामकेश जल्दी से टेलीविजन की आवाज तेज करता है। टेलीविजन पर देश के प्रधानमंत्री का भाषण आ रहा है।

मेरे भाई और बहिनों, पूरी दुनिया में छूत की नई महामारी फैल गयी है। यह महामारी भीड़ वाली जगहों पर फैल रही है। यदि सावधानी नहीं रखी गयी तो देश में हाहाकार मच जायेगा। आपके जीवन की चिंता मुझे और आपकी सरकार को है। पूरी दुनिया में भीड़ वाले सभी स्थानों को बंद कर दिया गया है। इसलिए सरकार ने यह निर्णय लिया है कि आज रात बारह बजे से देश

के सभी सरकारी और प्राइवेट कार्यालयों को पूर्ण रूप से बंद किया जाता है। देश में पूर्ण रूप से लॉकडाउन की घोषणा की जाती है। देश के सभी सरकारी और निजी विद्यालयों, महाविद्यालयों और विश्वविद्यालयों को आगामी आदेश तक पूर्ण रूप से बंद करने का फैसला लिया जाता है। जान है तो जहान है। जय हिन्द।

इसे सुनने के बाद दोनों स्तब्ध रह जाते है। उन्हें विश्वास ही नहीं हो रहा कि ऐसा होना भी सम्भव है। आज रात बारह बजे के बाद जैसे पूरा देश ठहर सा जायेगा।

गौतमी: इसका अर्थ यह हुआ की अब वह विद्यार्थियों को नए भवन में स्थान्तरित नहीं कर सकेगा।

रामकेश: निश्चित ही। आज रात बारह बजे से जो जहाँ है वही ठहर जायेगा। व्यक्तियों को घर से बाहर निकलना भी असंभव हो जायेगा।

दोनों, भगवान वासुदेव के प्रति कृतज्ञ भाव से हाथ जोड़े बैठे है। गौतमी के अश्रुधार बह रहे है। लगता है आज इस विद्यालय को बचाने के लिए भगवान कृष्ण ने देश और दुनिया के सारे विद्यालयों को बंद करवा दिया।

गौतमी: सुनो, मैंने कहा था ना आपको। भगवान कृष्ण हमारी मदद जरूर करेंगे।

रामकेश: तू सही बोल रही थी गौतमी। विद्यालय को बचाने के लिए इस बार तो भगवान ने देश के प्रधानमंत्री को ही निमित्त बना दिया।

तेरी लीला अपरंपार है प्रभु। (दोनों ने एक स्वर में कहा)

पूरी दुनिया का तो हमें नहीं पता, परन्तु इस घर में तो दिवाली भी आज है और होली भी आज ही।

रामकेश: गौतमी, अब तो कुछ मीठा बना के खिला दे।

गौतमी: जी।

गौतमी, रसोई घर में चली जाती है। और पीछे पीछे रामकेश भी। आज गौतमी, रामकेश की मनपसंद खीर बना रही है।

गौतमी: सुनो एक बात पूछनी है।

रामकेश: क्या बात है?

गौतमी: इतने संकट आये और गए। परन्तु आपने देवर जी को इस संकट के बारे में नहीं बताया। आप उन्हें बताते क्यों नहीं हो?

रामकेश चुप है।

गौतमी: आप जवाब दीजिये ना। देवर जी को इस संकट के बारे में आपने क्यों नहीं बताया?

रामकेश अभी भी मौन है।

गौतमी: आप मेरे सब्र की परीक्षा मत लीजिये। यदि आप नहीं बताते तो कोई बात नहीं। मै बता देती हूँ उन्हें।

रामकेश: नहीं, गौतमी रुको।

गौतमी, देवर को सारी घटना बताने के लिए अपना फ़ोन निकाल लेती है परन्तु रामकेश उसका हाथ पकड़ लेता है।

रामकेश: रुको गौतमी, मै तुम्हे बताता हूँ।

शेष भाग 3 में।

9 798885 915564